우리 선생님을
돌려주세요

SEOUL, 2014

우리 선생님을 돌려주세요

초판 제1쇄 발행일 2014년 1월 15일
초판 제25쇄 발행일 2022년 3월 20일
글 류호선 그림 현태준
발행인 박헌용, 윤호권 발행처 (주)시공사
주소 서울시 성동구 상원1길 22, 6-8층 (우편번호 04779)
대표전화 02-3486-6877 팩스(주문) 02-585-1247
홈페이지 www.sigongsa.com/www.sigongjunior.com

글 ⓒ 류호선, 2014 | 그림 ⓒ 현태준, 2014

ISBN 978-89-527-5063-1 74810
ISBN 978-89-527-5579-7 (세트)

*시공사는 시공간을 넘는 무한한 콘텐츠 세상을 만듭니다.
*시공사는 더 나은 내일을 함께 만들 여러분의 소중한 의견을 기다립니다.
*잘못 만들어진 책은 구입하신 곳에서 바꾸어 드립니다.

KC마크는 이 제품이 공통안전기준에 적합하였음을 의미합니다.
제조국 : 대한민국   사용 연령 : 8세 이상
책장에 손이 베이지 않게, 모서리에 다치지 않게 주의하세요.

우리 선생님을 돌려주세요

류호선 글 · 현태준 그림

시공주니어

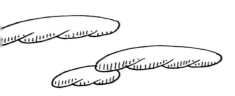

차례

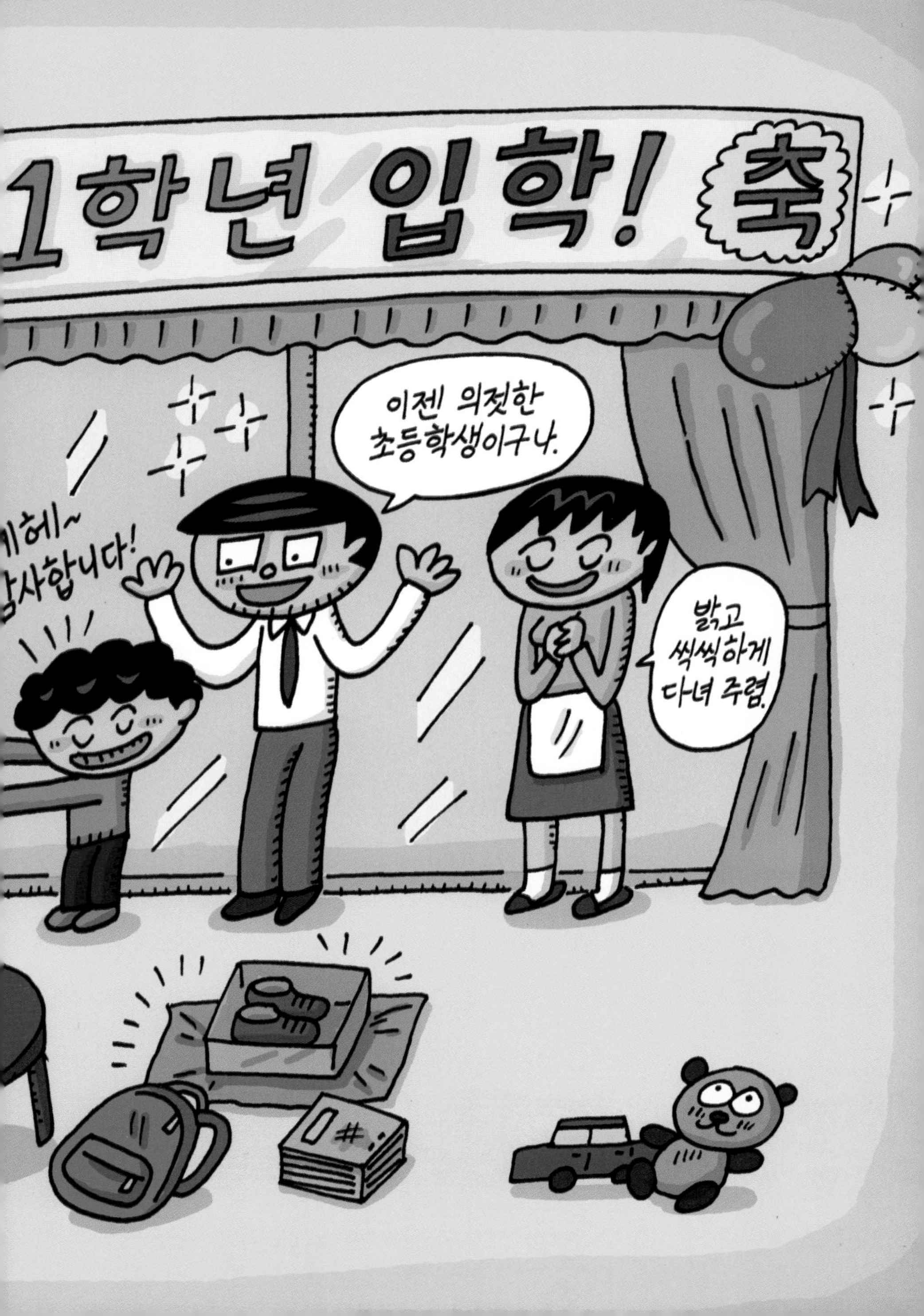
1학년 입학! 축
이젠 의젓한 초등학생이구나.
헤~ 사합니다!
밝고 씩씩하게 다녀 주렴.

1학년이 되는 첫날이에요!

또실이는 이제 자그마한 유치원이 아닌 커다란
학교에 다니게 되었어요. 동주민센터에서 취학
통지서가 날아왔기 때문이지요. 마법처럼 진짜 날아온
건 아니고요. 우체부 아저씨가 가져다주었어요.

"우리 또실이가 이만큼이나 컸으니까 학교에 와도
좋다는 초대장이 왔네."

또실이 엄마는 학교에서 온 초대장을 냉장고에

떡하니 붙여 놓았어요. 이제 또실이는 커다란 책가방을 둘러메고 학교에 다니게 됩니다.

내일은 1학년이 되는 첫날이에요.

또실이는 학교가 무섭지는 않았어요. 아주 여러 번 학교 앞을 지나친 적이 있거든요. 사촌 형 졸업식 때에는 학교에 가 보기도 했답니다. 하지만 그냥 왔다 갔다 하는 게 아니고 공부하러 가는 건 진짜 진짜 처음이에요.

또실이가 떨고 있느냐고요? 네, 조금 떨고 있네요. 텔레비전에서 가수가 되려고 오디션을 보는 사람들을 본 적 있나요? 심사 위원 앞에서 덜덜 떨면서 노래도 부르고 춤도 추잖아요. 또실이가 지금 딱 그런 모습이에요.

또실이는 자다가 두 번이나 깼답니다. 또실이 할머니는 또실이가 한번 잠들면 누가 업어 가도 모른다고 했어요. 하지만 그건 다 옛날 일이에요.

또실이 스스로 두 번이나 일어났어요. 오줌이
마려운 줄 알았는데 오줌은 나오지 않았어요. 이
오줌 마려운 기분은 무엇일까요? 또실이는
궁금했답니다. 일어난 김에 엄마한테 언제 학교 갈
준비를 할 건지 물어보기로 했어요.

"엄마, 저 학교 안 가요?"

"지금 새벽 두 시잖니! 아침이 되려면 아직
멀었어. 잠 좀 자자, 우리 아들!"

엄마는 눈도 뜨지 못하고 대답했어요. 옆에서
아빠 코 고는 소리가 들리고 도깨비처럼 털이
숭숭 난 아빠 다리가 보였어요. 또실이는 아빠와
장난을 치고 싶지만 오늘은 학교 가는 날이라
꾹 참고 다시 방으로 가서 누워 봅니다. 째깍째깍,
시계가 한참을 돌아갑니다.

"엄마, 시계가 열 바퀴도 넘게 돌았어요. 학교
가려면 얼마나 남았어요?"

"얼른 더 자! 십 분밖에 안 지났잖아."

또실이는 깜짝 놀랐어요. 분명히 시곗바늘이
아주 천천히 열 바퀴도 넘게 돌았는데, 고작
십 분이라니요!

엄마 아빠는 아직도 꿈나라입니다. 시계 소리는
들리지도 않는 모양입니다. 또실이는 아빠 귀에도,
엄마 귀에도 시계를 대 봤지만 꿈쩍하지 않았어요.

학교 가는 첫날이라 그런지 또실이는 더 이상
잠이 오지 않았답니다. 째깍째깍, 긴바늘이 여섯
칸이나 움직였어요.

"엄마, 이제 얼마나 남았어요?"

"겨우 육 분 지났어."

그 말에 또실이는 시계를 믿을 수가 없었어요.

"혹시 말이에요, 우리 집 시계가 고장 난 건
아닐까요?"

"자, 엄마가 배를 만져 줄게. 잠이 잘 오게."

엄마가 또실이 배를 살살 문지르기 시작했어요.
또실이는 스르륵 잠이 들었답니다.

"앗!"

또실이가 번쩍 눈을 떴어요.

"엄마, 저 학교 안 가요?"

"또실아! 또야? 또, 또, 또냐고? 아직 여섯 시야!
자 봐, 짧은바늘이 숫자 6을 가리키고 있잖아!
엄마가 시간 되면 깨워 줄게. 평소대로 여덟 시에
일어나면 안 되겠니?"

안 돼요, 안 되고말고요. 왜냐하면 또실이가 학교
가는 첫날이니까요.

엄마는 화가 났나 봅니다. 이불을 머리끝까지
올리고 또실이가 아무리 흔들어도 꼼짝하지
않았어요.

다시 방으로 돌아온 또실이는 눈을 꼭 감아
봅니다. 눈을 감아도 눈 안에서 뭔가 튀어나올 듯

눈알이 또르르
또르르. 발가락이
꼼질꼼질.
목구멍에서 하고
싶은 말이
간질간질. 정말 참을
만큼 참았어요. 유치원 선생님이 잠이 안 오면 양을
세라고 가르쳐 주었는데요. 또실이는 양을 백세
마리까지 세어 봤지만 잠이 오지 않았어요. 양 말고
호랑이나 상어, 아니면 뽀로로나
폴리를 셀 걸 그랬나 봅니다.

또실이는 오뚝이처럼
벌떡 일어났어요. 그리고는
책상 위에 얌전히 놓인
책가방을 방바닥에
내려놓았어요. 책가방

속에 있는 물건을 다시 한 번 모두 꺼내 봅니다. 잘 깎인 연필 세 자루도 다시 쥐었다 놓아 보네요. 새로 산 공책이 잘 있는지 일곱 번이나 확인했어요. 신발주머니에 새하얀 실내화도 짝이 맞는지 마지막으로 한 번 더 신어 보았어요. 이건 비밀인데요, 또실이는 아주 가끔 왼쪽과 오른쪽 신발을 바꿔 신을 때가 있답니다.

자! 이제는 진짜로 정말로 좀 자야 하는데 또실이는 잠이 한 개도, 아니 반 개도 오질 않네요. 여러분도 또실이처럼 학교 가는 첫날이 긴장되고 떨리고 또 기대되었나요? 또실이도 친구들의 마음이 정말 궁금했답니다. 친구들은 지금 뭘 하고 있을까요? 엄마는 다른 친구들 모두 잘 자고 있을

거라는데, 아닐걸요. 또실이는 친구들 생각을
하다가 깜빡 잠이 들었어요.

또실이가 번쩍 눈을 떠 보니 창밖이 아까보다
깜깜하지 않았어요. 드디어 날이 밝았습니다. 이제
정말 학교 갈 시간이 되었어요. 짧은바늘이 숫자
8을 가리키고 있었어요. 딱 8에 온 건 아니니까
여덟 시가 되기 전입니다.

"일어나세요! 일어나세요! 오늘은 학교 가는
첫날이라고요!"

"또실아! 아직 여덟 시도 안 됐어. 입학식은
열한 시란 말이야. 세수하고 아침 먹고 준비하고,
집에서는 열 시 삼십 분에 나갈 거야."

엄마는 졸린 눈을 비비며 말했어요. 아빠는
까치집 같은 머리를 긁적였고요.

또실이는 열심히 손가락을 꼽아 봅니다. 11에서
8을 빼면 3이라는 것을 알고 있어요. 이제 세 시간

뒤면 또실이가 정말 학교에 갑니다. 온몸이 근질근질,
팔 위에 난 작은 솜털들도 신이 나는지 춤을 추고
있어요.

　모두 어서 일어나세요! 학교 가는 첫날이에요.

뭐든지 척척 혼자서도 잘해요

또실이는 혼자 세수를 했어요. 평소에도 그랬느냐고요? 절대 아니에요. 엄마를 피해 거실을 두어 바퀴 돌고 나서야 간신히 세수하는 또실이였답니다.

"엄마, 저는 물이 무서워요."

"거짓말! 수영장에서는 하루 종일 손가락, 발가락이 쪼글쪼글해질 때까지 놀잖니?"

"수영장 물은 안 무서운데 세숫물은 무섭다고요."

또실이가 아무리 재빨리 도망 다녀도 엄마는
또실이보다 두 발짝 더 빨랐어요. 엄마는 또실이
얼굴을 사정없이 문지르기 시작했어요.

"아파요, 아파! 살살 해 주세요, 살살."

아무리 사정해도 엄마 손은 때수건보다 맵다는 걸
또실이도 잘 알고 있었답니다.

하지만 오늘은 엄마 손이 아닌 또실이 손이 또실이
얼굴을 사정없이 문지르고 있어요. 엄마보다 더 세게
얼굴을 문질렀어요. 이런! 또실이
윗도리가 홀딱 젖어 버렸어요.

이번엔 하얀 이가
번쩍번쩍 빛나도록
거울을 보면서 치카치카
혼자 이를 닦아요.
솔직히 또실이는

양치질을 좋아하지 않아요.
몇 번은 이를 안 닦고도
닦았다고 거짓말했답니다.
그래서 치과에 가서 무지
아픈 충치 치료를 받은 적도
있어요. 하지만 또실이가 아주
어린 유치원 때의 이야기랍니다.

이제 또실이는 의젓한 초등학생이니까요. 학교 갈
준비쯤은 엄마 아빠 도움 없이도 혼자서 충분히 할
수 있답니다. 옷장 안을 다 뒤져서 최고로 멋진 옷도
찾아 놓았고요. 제일 좋은
신발도 현관에 가지런히
놓았답니다. 아빠가 하듯이
구둣솔로 신발을 깨끗이
닦았어요. 아빠 신발도
구둣솔로 쓱쓱 문질러서

21

또실이 신발 옆에 놓고요, 엄마 신발 중에 제일 예쁜
신발도 그 옆에 놓았어요. 또실이네 가족이 벌써
현관 앞에 나란히 서 있는 것 같네요. 이 모든 걸
또실이 혼자 했으니, 좀 힘들긴 했나 봅니다. 조금
전에 세수를 했는데도 또실이 이마에 땀이 송골송골
맺혀 있으니까요.

또실이는 엄마가 특별한 날 발라 주는 아빠 헤어
젤도 듬뿍 짜서 멋진 번개 머리를 만들고 있네요.
또실이는 새로운 선생님과 친구들에게 최고로 멋진
모습을 보여 주고 싶은가 봅니다.

학교 갈 준비 끝! 또실이가 다시 한 번 거울을
보려는데, 엄마 아빠가 거울보다 먼저 또실이
모습을 보고 말았어요. 또실이는 엄마 아빠를 깜짝
놀라게 해 주고 싶었는데……. 계획대로 엄마
아빠가 놀라긴 놀랐답니다.

"꺅! 이게 다 뭐니? 또실아!"

"저 혼자 다 했어요. 어때요, 멋지죠?"

"얼굴에 묻은 검댕이나 지우고 이야기하지그래?"

아빠 신발을 닦다가 또실이 얼굴에 까만 구두약이
좀 묻었어요. 또실이가 손으로 쓱 문질렀더니
손등까지 까매졌어요.

"그건 이모 결혼식 때 입었던 여름 양복이라 안 돼!
얼른 이리 주지 못해! 머리에 젤은 왜 떡칠을 한
거야? 여기에 축구화가 어울린다고 생각하니?"

왜 다 안 되는 거지요? 또실이가 보기에는
멋있기만 한데…….

엄마는 또실이에게 속옷만 빼고 옷을 홀라당
벗으라고 했어요. 머리를 다시 감기고, 얼굴에
비누칠을 해서 박박 문질렀어요. 또실이 혼자 준비한
모든 게 인어 공주처럼 물거품이 되고 말았답니다.
아! 슬픈 인어 공주가 되어 버린 또실 군.

엄마는 또실이에게 아주 평범한 셔츠에 더 평범한

바지, 칙칙한 겨울 코트를 입었어요. 이렇게 입으면
전혀 눈에 띄지 않을 거예요. 아마 아이들 속에 푹
파묻혀서 또실이가 있는지 없는지도 모를 것 같아요.
또실이는 마음에 들지 않지만, 엄마는 아직 날씨가
추워서 이렇게 입어야 한다고 합니다. 멋진 번개
머리는 또실이가 싫어하는 뽀글이 머리가 되었고요,
신발은 한숨만 나옵니다. 엄마는 걸을 때마다 발이
아픈 까만 구두를 꺼내 놓았어요. 엄마는 또실이에게
이번에 안 신으면 작아져서 버려야 한다고
협박처럼 말했어요. 또실이는
신데렐라의 못된 언니들도 아닌데
작은 신발에 발을 구겨 넣고 학교에
가야 한다는 사실이 싫었어요.
그렇지만 기분이 나쁘기는커녕
콧노래가 나올 만큼 기분이 좋아요.
학교 가는 날이기 때문이에요.

우리 또실 군이 멋진 번개 머리 축구 선수에서
평범한 1학년 어린이로 돌아왔군요. 그런데 가만
보니 또실이 엄마가 잔뜩 꾸미고 있네요. 또실이가
초등학교에 입학하는데 왜 엄마가 더 멋을 내는지
또실이는 잘 모르겠어요. 또실이는 엄마를
쳐다보다가 씩 웃었어요. 이제는 초등학생, 뭐든지
혼자서도 척척 잘할 수 있다고요. 내일부터는 정말
혼자서 다 준비할 생각이랍니다.

학교는 뭐든지 크고 많아요

와! 또실이 입이 점점 벌어지기 시작합니다.
학교에는 유치원과 비교도 안 될 만큼 사람들이
많았어요. 또실이네 동네 사람들 모두가 학교에 온
것 같았다니까요.

건물에는 번쩍번쩍 빛나는 창문이 사람 수만큼
많았어요. 하나, 둘, 셋……. 또실이는 오십여섯
개까지 세다가 눈이 빙빙 도는 것 같아

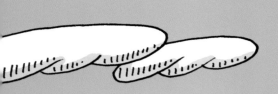

그만두었어요. 교실도 엄청 많았어요. 함께 공부할
형과 누나, 친구 들도 무지 많았어요. 운동장에 뭔가
새까맣게 모여 있는데, 다 또실이네 학교
학생들이었다니까요. 선생님도 정말 많았어요.

앞에도 뒤에도 옆에도 모두 선생님이 있었어요.
  또실이는 뭐든 크고 많은 게 좋은데, 학교가 딱
그랬어요. 학교는 역시 신 나는 곳이에요.
유치원보다 열 배는 더 큰 철봉도 있고요, 장난감

골대가 아니라 진짜 축구 골대와 농구대가 있는 큰
경기장도 있고요, 또실이네 집 침대보다 훨씬 크고
넓은 모래 놀이터도 있답니다. 또실이가 한번 뛰어
봤는데, 침대에서 점프하는 것과는 비교도 안 되게
푹신하고 좋았어요.

"또실아, 거기서 뛰면 어떡해! 바지에 모래가
잔뜩 묻었잖아! 신발이 벌써 더러워졌잖니!"

엄마가 또실이 손을 어찌나 세게 잡아끄는지
또실이는 팔이 아파서 땀까지 났어요. 그래도
기분은 정말 좋았어요. 왜냐하면 모래 놀이터에
파라솔을 꽂고 누우면 바닷가에 온 기분일 것
같았거든요. 역시 학교에는 신 나는 게 잔뜩
있어요. 하지만 뒤에 서 있던 엄마가 또실이에게
다가와 앞만 보고 서 있으라고 말합니다.

"또실아! 자꾸 딴 데 보고 딴생각하지 말고, 정신
똑바로 차리고, 눈도 그렇게 게슴츠레 뜨지 말고

다른 친구들처럼 또랑또랑하게. 줄도 똑바로
서야지."

　엄마가 하라는 대로 서 있으려니까 또실이는
얼굴이 점점 뜨거워지고 땀이 줄줄 나기
시작했어요.

　"자, 여러분! 여기를 보세요."

　그때였어요. 또실이는 '여러분'이라고 부르는
소리에 고개를 획 하고 돌렸답니다. 저 끝에서
아이들과 엄마들 사이로 뭔가 서서히 나타났어요.

또실이네 반 아이들에게 이름표를 나누어 주는
담임 선생님 모습이 드디어 보이기 시작했어요.
　　그런데…… 학교는 뭐든지 크고 많은데, 그 많고
많은 선생님 중에 또실이네 담임 선생님은
정말…….

이건 아니에요!

　오른쪽 옆 반에는 눈부시게 예쁜 선생님이 서 있었어요. 텔레비전에 나오는 가수 같은 아니면 영화배우 같은?

　또실이가 비행기를 탔을 때도 본 적이 있어요. 왜 비행기에는 음료수도 주고, 장난감도 주고, 사탕도 주는 그런 사람들이 있잖아요. 조종사는 아니고요, 비행기에 같이 타서 뭐든지 친절하게 도와주고

안내해 주는 사람들 말이에요.
얼굴도 예쁘지만 힘도 세서
또실이 엄마 가방을 번쩍번쩍
들어서 머리 위 선반에 넣어
주는 사람들 말이에요.
　엄마가 그런 사람들을
'승무원'이라고 했습니다.
영어로는 '스튜던트'와
'디스'를 섞어 놓은 것 같은
말인데 또실이는 그 말을
까먹었어요.
　아무튼 승무원들처럼 아주 예쁜 선생님이 다리를
곱게 모으고 서 있었어요. 옆 반 선생님 얼굴을
쳐다보고 있으니까 꼭 비행기에 탄 기분이 들었어요.
그때 또실이는 무릎을 탁 쳤어요.
　'아! 생각났다. 스튜어디스!'

지금 이 순간 또실이는 비행기를 타고 훌쩍 떠나고만 싶었어요.

왼쪽 옆 반에는 멋진 슛을 가르쳐 주는 축구 코치님 같은, 아니면 힘찬 발 차기를 가르쳐 주는 태권도 관장님처럼 키 크고 잘생긴 남자 선생님이 있었어요. 아침에 또실이가 만든 번개 머리만큼은 아니었지만 머리가 파도처럼 구불구불 아주 멋졌답니다.

왼쪽 반 아이들 입이 헤벌쭉 벌어졌어요. 남자 선생님은 날렵한 다리로 여기저기를 다니면서 아이들 머리를 쓰다듬어 주었어요.

"반갑다, 친구들!"

두 담임 선생님이 아이들에게 인사를 하니까
오른쪽과 왼쪽, 양쪽에서 우레와 같은 박수가 터져
나왔어요. 아이들도 정말 반가워하는
얼굴이었다니까요.

그런데, 그런데 말이지요. 또실이네 반 앞에는
날씬하지도, 키가 크지도 않은 이상한 사람이 서
있었어요. 게다가 나이도 아주 많은 사람이었어요.
덩치는 산처럼 컸어요. 하마 같은 큰 입에 이는
띄엄띄엄 있고요. 오랑우탄 같은 숱 없는 단발머리,
코끼리처럼 짧고 굵은 다리, 목도리를 두른 것 같은
목주름.

늙은 할머니가 우뚝 서 있었어요.

"못생긴 할머니잖아!"

또실이가 울상을 지으며 소리치자, 엄마가
바람같이 달려와서 또실이 입을 막았답니다. 숨도

못 쉬게 꼭 막아 버렸어요. 거짓말하면 안 된다고
했으면서!

또실이는 마음속 진실을 말하려는 입을 막은
엄마를 이해할 수 없었어요.

"여러분, 반가워요!"

심지어 목소리도 목이 쉰 개구리 같았어요.
개굴개굴, 꽥꽥.

또실이네 반 아이들도 박수를 치긴 쳤어요. 힘이
쭉 빠진 바람 소리 같았지만요. 거의 들리지 않는
박수 소리였어요.

몇몇 다른 엄마들은 또실이 엄마처럼 아이들
입을 두 손으로 꼭 틀어막고 있었어요.

또실이는 엉엉 울고 싶었어요. 숨이 막혀서가
아니고 속상해서였지요. 눈동자가 자꾸만 양쪽으로
갈라지면서 살짝살짝 보이는 옆 반 선생님들의
모습만 눈에 들어왔어요.

이건 아니에요! 또실이가 바라던 그런 학교가
아니란 말이에요!

또실이는 두 눈을 꼭 감아 버렸답니다.

학교는 어떠니?

"또실아! 학교는 어땠니?"

"······."

"친구들은 어땠어?"

"······."

또실이 아빠가 이것저것 물어봤어요. 하지만
또실이는 대답할 기운이 하나도 남아 있지 않았어요.

"선생님은 어땠어?"

"우리 선생님은 하마 같은 입에, 코끼리 같은
다리에, 오랑우탄 같은 머리를 가졌고요. 손에는
검은색 동그라미가 열 개도 넘게 있고요, 목에는
후프 같은 주름이 수도 없이 많아요. 입술 위에는
아빠처럼 털도 있는데 남자처럼 보이지만 여자예요.
아주 늙은 할머니라고요!"

또실이는 아빠 코앞에 선생님을 그린 그림을
내밀었어요. 진짜 잘 그렸어요. 그림 대회에 나가면

금상은 틀림없이 또실이 거랍니다. 또실이 담임
선생님과 완전히 똑같았거든요.

"하하하! 이렇게 생긴 사람이 어디 있어?
선생님이 나이가 좀 드셨나 보지?"

"좀 들은 게 아니라고요. 완전히 늙었어요. 삼백
살은 되어 보여요. 콧구멍도 짝짝이라니까요!"

아빠는 또실이가 선생님 얘기를 하면 웃기만
했어요. 웃으라고 한 말이 아닌데도 말이에요.
아빠는 잔뜩 화가 난 또실이가 재미있나 봐요.
또실이는 정말 심각한데……. 또실이는 답답한
마음에 가슴만 쾅쾅 쳤어요.

"우리 또실이는 아빠 닮아서
예쁜 여자만 좋아해요."

엄마가 놀리듯 말하는
것도 또실이는 정말
기분이 나빴어요. 예쁜

선생님을 바란 건 아니었으니까요. 그냥 보통
선생님이면 돼요. 하지만 또실이 담임 선생님은
보통 사람이 아니었어요. 괴물 같다니까요. 이상한
냄새도 나는 것 같아요. 코에 빨래집게를 꼭
집어야 할까요?

"선생님이 예쁘면 오히려 공부에 방해돼서
안 좋아."

아빠가 말했어요.

"왜요?"

"공부는 안 하고 선생님 얼굴만 쳐다보니까
그렇지. 그러니까 우리 또실이한테는 오히려 잘된
일이지."

"전요, 선생님이 아무리 예뻐도 얼굴만 안 보고
공부 열심히 할 거란 말이에요. 엄마 아빠는
아무것도 모르면서……."

또실이가 씩씩거리며 대답하자 아빠는 더 크게

웃었고요, 엄마는 쓸데없는 이야기한다고 아빠에게 눈을 흘겼어요. 엄마 아빠가 한편이 되어 놀리는 것 같아 또실이는 더 많이 속상했어요. 학교 간 첫날 또실이는 그만 외톨이가 되었답니다.

또실이는 시골에 있는 외할머니와 친할머니에게 전화를 걸었어요. 두 분 다 약속이라도 한 듯 똑같이 물었어요.

"학교는 어떠니?"

"휴우."

또실이 입에서는 그냥 한숨만 나옵니다.

비행기 타러 가고 싶어요

  오른쪽 반 아이들이 정말 부러워요. 매일매일
비행기 타러 오는 기분일 테니까요. 스튜어디스
선생님은 진짜 스튜어디스처럼 예쁜 옷만 입고
왔거든요. 어느 날은 목에 나풀나풀 스카프를
맸고요. 어느 날은 머리에 큰 머리핀을 꽂았어요.
오늘은 어떤 옷을 입고 왔는지 궁금해요. 목소리도
얼마나 부드러운지 몰라요.

그에 비해 또실이네 선생님은 일주일 동안
윗도리가 한 번도 안 바뀌고 똑같았어요. 매일 시든
미역 줄기 같은 스웨터에 이상한 바둑판무늬 코트만
입고 다닌다니까요. 또실이는 옷에도 우유처럼 유통
기한이 있으면 좋겠다고 생각했어요. 며칠 지나면
상해서 못 입게 말이에요.

　　스튜어디스 선생님은 아침마다 교실 문 앞에 서서
아이들에게 친절하게 인사해 주었어요. 또실이네
선생님은 다리가 아파서 오래 서 있을 수가 없대요.
스튜어디스 선생님 다리보다 열 배는 굵고 훨씬 더
튼튼해 보이는데 왜 못 서 있는다는 건지 또실이는
잘 모르겠어요.

　　또실이네 반은 지킬 것도 너무 많았어요. 수업
시간에 오줌도 참아야 하고요. 물도 막 마시면
안 된대요. 안 되는 것도 너무 많았어요. 교실에서는
절대로 떠들면 안 되고요. 기침도 조그맣게 해야

하고요, 책장도 조심조심 넘겨야 한대요. 그래서 또실이네 반 아이들은 기침도 참고요, 침 넘기는 것도 참아요. 다리를 떨어도 안 되고, 손톱을 물어뜯어도 안 돼요. 이러다가 반 아이들 모두 온몸에 쥐가 날지도 모른다고요. 책상에 가만히 앉아 있으면 또실이 등 뒤로 쥐가 막 기어 다니는 것 같다니까요.

오늘은 정말 비행기 반으로 들어가고 싶었어요. 또실이는 자석에 끌리는 것처럼 자기도 모르게 옆 반 선생님이 서 있는 곳으로 미끄러져 갔어요.

"안녕하세요? 예쁜 선생님! 저는 옆 반 또실인데요. 이 반에 들어오고 싶어요. 여기서 공부하면 안 될까요? 저를 좀 받아 주세요. 아주 조용히 앉아만 있을게요. 시키는 건 뭐든 하고요."

또실이는 예쁜 선생님 얼굴을 빤히 쳐다보며 말했어요. 가까이서 보니까 더욱 예뻤답니다.

텔레비전에 나오는 연예인 같았어요. 또실이는
활짝 웃었어요. 이렇게 웃으면 또실이 엄마는 뭐든
들어주거든요.

'그래, 조용히 들어오렴!'

이 말 한마디면 되는데 예쁜 선생님은 잠시 말이
없었어요. 그러더니 또실이 손을 꼭 잡고 또실이네
반으로 데려갔어요.

"다음에 기회가 되면 같은 반이 될 수 있을
거야!"

어른들은 왜 매번 다음이라고 이야기하는지
모르겠어요. 또실이는 지금이 제일 중요한데
말이에요. 또실이까지 벌써 일곱 명의 아이들이
옆 반에 갔다가 돌아왔어요. 또실이 짝꿍 혜선이는
옆 반 교실 의자에 앉아서 버티다가 의자에 앉은
채로 번쩍 들려 옮겨졌답니다.

"비행기 타러 가고 싶어요."

또실이가 집에 와서 이렇게 이야기하니까
아무것도 모르는 엄마는 학교를 열심히 다니면
여름 방학 때 비행기 타고 여행을 가자고 했어요.
또실이가 말하는 비행기는 그 비행기가 아닌데
말이에요.

멋진 코치님을 만나고 싶어요

　왼쪽 반 아이들은 매일매일 축구 하면서 노는
기분일 것 같아요. 멋진 코치 선생님은 수요일
아침마다 아이들과 운동장에서 놀아 주거든요.
그래서 또실이는 좀 나쁘기는 하지만 수요일마다
비가 오면 좋겠다고 생각했어요. 왜냐하면
또실이네 반 아이들은 비가 오나 눈이 오나, 아직
눈이 온 적이 없지만, 날씨에 상관없이 교실에만

앉아 있거든요. 그 시간에 바른 글씨 쓰기 연습만
하고 있어요. 공책을 세 바닥이나 써야 하는데,
얼마나 팔이 아픈지 몰라요. 팔이 떨어질지도
몰라서 왼손으로 오른팔을 꼭 잡고 써야 한다고요.

한 글자 한 글자 힘주어 쓰는데, 코치 선생님
목소리가 들려왔어요. 얼마나 씩씩하고 멋있는지
몰라요. 삑삑 소리가 나는 커다란 호루라기를 목에
걸고 있어요.

"패스! 패스!"

코치 선생님의 목소리를 들으면 또실이는 자기를
옆 반으로 패스하고 싶어진다니까요.

또실이는 아빠가 한 말이 생각났어요. 아빠는
생각만 하고 행동하지 않으면 용기 없는
사람이라고 했어요. 그래서 또실이는 다시
용기를 내 보기로 합니다.

"안녕하세요? 멋진 선생님! 저는 옆 반

또실인데요. 이 반에 들어오고 싶어요. 여기서 함께
공을 차면 안 될까요? 저를 좀 받아 주세요. 골키퍼만
시켜 주셔도 괜찮고요. 공만 주워 오라고 해도
할게요. 교실 청소도 잘할 수 있어요. 청소라면 정말
잘할 자신 있어요!"

　또실이는 번쩍이는 축구화가 잘 보이도록 한쪽
발을 쑥 내밀었어요. 또실이 앞머리는 코치 선생님과

똑같이 구불구불 파도치고 있어요. 또실이는
최대한 멋지게 윗니가 열두 개는 보이도록 활짝
웃었어요. 이렇게 웃으면 또실이 아빠는 뭐든
들어주거든요.

  씩씩하고 멋진 코치 선생님은 또실이 손을
힘 있게 꼭 잡았어요.

  "다음에 우리 반이랑 시합하면, 그때 같이 공을
차자!"

  그날 또실이는 수업 시간에 늦게 들어온 벌로
다섯 바닥이나 바른 글씨를 써야 했어요. 글씨는
바르게 보일지 몰라도 또실이 마음은 비뚤어지는
것 같았답니다. 어떻게 하면 선생님을 바꿀 수
있을까요?

  "멋진 코치님을 만나고 싶어요."

  집에 와서 이렇게 이야기하니까 아무것도 모르는
아빠는 학교를 열심히 다니면 다음 주말에 멋진

코치님이 있는 축구장에 데리고 간다고 했어요.
또실이가 말하는 코치님은 그 코치님이 아닌데
말이에요.

아이들 얼굴이 변하고 있어요

또실이네 반 아이들은 모두 입이 삐죽삐죽
댓 발은 나와 있어요. 진짜예요. 입에다 옷을
걸어도 될 정도로 하루 종일 입을 내밀고 있어요.
이게 다 이상한 선생님 때문이에요.

"우리들은 1학년 2반 맞지요?"

그럼 보통 "네네~ 네네네~." 이런 리듬 있는
대답이 나와야 하는데, 아이들은 모두 삐죽 내민

입으로 자그마하게 대답했답니다. 그러면 선생님은
하마 같은 입을 있는 대로 크게 벌리고 다시 한 번
똑같이 이야기했어요. 선생님 입을 쳐다보며
아이들은 생각했어요.

'정말 싫다. 진짜 싫다.'

그러니까 점점 더 싫어졌어요.

'선생님 입이 진짜 싫어!'

아이들 모두 그렇게 생각했어요. 그러자
선생님의 하마 같은 입이 자꾸자꾸 커졌어요.
또실이네 반 아이들 모두 거대한 하마 입에 빨려
들어갈 뻔하다가 종이 쳐서 간신히
살아났다니까요.

"거짓말! 또실아, 선생님에 대해 나쁘게 말하면
안 돼!"

또실이가 아무리 진실을 이야기해도 엄마는 믿지
않았어요. 또실이는 답답해 죽을 것 같았어요.

"여기! 여기! 얼룩진 거 보이죠? 이거 정말 선생님 침이라니까요! 냄새도 나는데 잘 맡아 보세요."

또실이는 엄마 코 앞에 하마 침 냄새가 폴폴 나는 옷을 내밀었어요.

"또실아! 이건 딱 네 땀 냄새인데."

이렇게 억울한 일이 또 어디 있을까요?

"이건 제 땀 냄새가 아니라 선생님 침 냄새라니까요! 진짜 선생님 침에 푹 파묻혔다 살아 나왔다니까요!"

아이들 얼굴이 변하고 있어요

또실이네 반 아이들의 이마에는 '11' 자가 그려져
있어요. 길고 깊게 쭉쭉 패어 있어요. 다 연결하면
토마스 기차 한 대는 충분히 지나갈 수 있는
기찻길이에요.

다른 반 아이들은 운동장에서 공놀이도 하고,
바람개비도 날리고, 모래 놀이터에서 뛰어놀기도
하는데, 또실이네 반 아이들은 줄 서는 연습만

반복해요. 선생님은 공놀이는 위험해서 안 되고,
바람개비는 쓰레기가 생겨서 안 되고, 모래 놀이터는
옷이 더러워져서 안 된다고 했어요. 그럼 운동장에서
할 수 있는 건 숨쉬기와 줄 서기밖에 없다니까요.
계속해서 한 줄 서기, 두 줄 서기, 세 줄 서기, 네 줄
서기, 여덟 줄 서기를 했어요. 앞으로나란히,
옆으로나란히, 양팔 벌리기…… 이런 것만 하는 반은
또실이네 반밖에 없어요.

　아침 조회 때도 한번 보세요. 또실이네 반만 자로
잰 듯 줄을 서 있었답니다. 6학년들보다도 훨씬 더
반듯반듯 줄을 잘 선 건 또실이네 반뿐이었어요.
선생님은 여럿이 함께 생활할 때는 줄 서기와
질서가 제일 중요하다고 했어요. 하지만 또실이는 잘
모르겠어요. 왜 꼭 줄을 잘 서야 하는지 말이에요.
오늘은 줄 서기가 진짜 하기 싫어요.

　"줄을 서세요. 줄을 서세요. 똑바로 앞사람 머리를

보고 줄을 딱 맞추어 보세요. 눈동자라도 움직이면 줄이 비뚤어집니다. 자 자, 움직이지 마요. 거기 팔 흔들지 마요. 흙장난하는 친구, 안 됩니다."

선생님이 코끼리 같은 다리로 쿵쿵 움직이며 또실이네 반 아이들을 한 줄로 세웠어요.

"두 줄! 한 사람씩 앞으로 착착 줄을 서세요."

다시 코끼리 다리로 쿵쿵 움직이면서 아이들을 두 줄로 세웠어요. 또실이는 생각했어요.

'정말 싫다. 진짜 싫다.'

그러니까 점점 더 싫어졌어요.

'선생님 다리가 진짜 싫어!'

또실이네 반 아이들 모두 그렇게 생각했어요.

그러자 선생님의 코끼리 같은 다리가 점점
커지더니 모두를 밟고 지나갈 것처럼 머리 위에서
쿵쿵쿵, 쾅쾅쾅 움직였어요. 아이들 모두 코끼리
다리에 깔려 납작한 쥐포가 될 뻔하다가 종이 쳐서
간신히 살아났다니까요.

"거짓말! 또실아, 선생님에 대해 나쁘게 말하면
안 돼!"

또실이가 아무리 진실을 이야기해도 엄마는 믿지
않았어요. 또실이는 답답해 죽을 것 같았어요.

"여기! 여기! 보이죠? 코끼리 다리를
피하려다가 이렇게 됐다고요!"

"이건 네가 넘어져서 까진 거잖아!"

"진짜 선생님 다리가 이만해졌다니까요."

또실이가 팔을 쫙 벌려서 선생님 다리가 얼마나 크고 두꺼웠는지 보여 주어도 엄마는 눈길 한번 주지 않았어요.

이렇게 억울한 일이 또 어디 있을까요? 또실이는 하나밖에 없는 아들이 쥐포로 돌아올 뻔했는데도 바지나 꿰매고 있는 엄마가 그날따라 너무 미웠답니다.

아이들 얼굴이 변하고 있어요

또실이네 반 아이들의 볼이 팅팅 부어 있어요.
물속에 있는 복어와 친구 해도 될 정도로 뿌루퉁한
표정이에요.

또실이네 반은 무슨 검사가 그렇게도 많은지
매일매일 검사만 해요. 숙제 검사, 일기 검사, 준비물
검사, 교과서 검사, 알림장 검사, 식판 검사. 심지어
손톱에 때가 꼈는지 목에 때가 꼈는지도

검사한다니까요. 우유를 다 마셨는지도 검사하고요.
그래서 몰래몰래 우유를 남길 수도 없어요.
또실이는 하얀 우유를 정말 싫어하거든요. 한번은
하얀 우유를 먹으면 목구멍이 따갑고 아프다고
거짓말했다가 선생님의 거짓말 검사에 걸리고
말았어요. 선생님은 검사의 여왕이에요. 무슨 검사만
했다 하면 안 한 사람을 귀신같이 딱딱
잡아내거든요.

"우유를 안 먹으면 키가 작고 볼품없는 사람이 될
수도 있어요. 그렇게 되고 싶지 않으면 한 방울도
남기지 말고 쪽쪽 빨아 먹어요."

선생님은 또실이 우유에 굵은 빨대를 꽂아 주며
먹으라고 했어요. 또실이는 군말 없이 우유를 다
먹었답니다. 정말 먹기 싫었지만 말이에요. 또실이네
반에 우유를 안 먹는 아이는 하나도 없었어요.

"오늘은 그림일기를 검사할 거예요."

선생님이 오랑우탄 같은 머리를 흔들거리면서 아이들의 일기를 검사했어요. 또실이는 일기를 완전 엉망으로 써서 냈거든요. 또실이가 보기에도 발로 쓴 건지 손으로 쓴 건지 구분이 되지 않았어요.

일기 검사를 하면서 흔들거리는 선생님의 숱 없는 머리가 정말 싫었어요. 지금까지 참아 왔던 모든 게 다 싫었어요.

'정말 싫다. 진짜 싫다.'

자꾸만 이렇게 생각했답니다. 그러니까 점점 더 싫어졌어요.

'선생님 진짜 싫어! 다 싫단 말이야!'

또실이뿐만 아니라 반 아이들 모두 이렇게 생각했어요.

'에이 씨! 저런 선생님보다는 오랑우탄이 낫겠네!'

이건 또실이 혼자 해 본 생각이에요. 그때 선생님 책상에서 일기를 검사하는 선생님과 눈이 딱

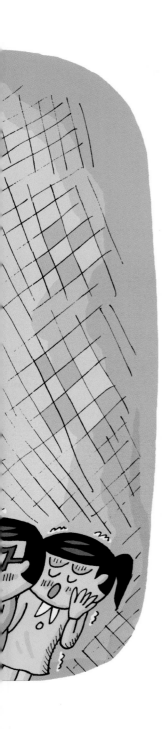

마주쳤어요. 그러자 선생님
머리가 책상 밑으로 쏙 사라지는
거예요. 또실이 속마음을
듣기라도 한 것처럼 말이에요.
　잠시 후 정말 깜짝 놀랄 일이
벌어졌어요. 아이들 모두 그만
입이 딱 벌어져 버렸어요. 이걸
어떻게 설명해야 할지
모르겠어요. 책상 밑으로 사라진
선생님 대신, 진짜 거대하고
못생긴 오랑우탄 한 마리가 책상
위에 떡하니 앉아 있는 거예요.
다들 놀라서 숨도 쉬지 못했어요.
　한 여자아이가 울기
시작했어요. 그러자 오랑우탄이
긴 팔을 휙휙 휘두르면서 우는

아이 앞에 딱 섰어요. 아이를 달래 주려는 걸까요?
아니었답니다. 오랑우탄은 우는 아이의 머리카락을
있는 힘껏 잡아당겨 머리를 빗자루 모양으로 만들어
버렸어요. 교실에 있는 우유를 하나도 남기지 않고
오랑우탄 혼자 먹어 버렸고요. 선생님이 검사하던
그림일기까지 우적우적 다 먹어 버렸다니까요. 대충
쓰긴 했지만 1학년이 되어서 처음 쓴 일기인데
오랑우탄이 한입에 먹어 치웠어요. 또실이는 나중에
오랑우탄 똥이 되어 나올 첫 일기장을 생각하니
슬펐어요.
　또실이네 반 아이들은 오랑우탄이 긴 팔로 휘젓고
다니는 교실에서 숨도 쉬지 못하고 있다가 종이
치기 무섭게 교실을 빠져나왔어요.
　"거짓말! 또실아, 선생님에 대해 나쁘게 말하면
안 돼!"
　또실이가 아무리 진실을 이야기해도 엄마는 믿지

않았어요.

"진짜로 선생님이 오랑우탄이 되어 버렸다니까요.
전 양치기 소년이 아니라고요! 진짜 정말 맹세코
하마를 닮은 사람이 아니라, 코끼리를 닮은 사람이
아니라, 못생긴 오랑우탄이었다니까요!"

또실이는 흥분을 가라앉히고 그림까지 그려
가면서 오랑우탄이 한 일에 대해 차근차근
설명했어요. 마지막에는 아주 진지하게 이렇게
말했어요.

"오랑우탄이 선생님으로 바뀔 때까지는 학교에
가지 않을 거예요! 집에서 한 발자국도 움직이지
않을 거라고요!"

할 수만 있다면 또실이는 스파이더맨 거미줄로
침대에다 자기 몸을 꽁꽁 묶고 싶었어요. 교실
형광등에 건들건들 매달려 있다가, 침을 질질
흘리면서 나무 타기 하듯 이 모둠 저 모둠으로 옮겨

다니는 오랑우탄과는 한시도 같은 교실에 있을 수
없다고요.

또실이는 이불을 머리끝까지 올려 쓰고 누웠어요.
그래도 거대하고 못생긴 오랑우탄이 계속
생각났어요. 어떻게 하면 좋을까요? 정말 소리 내어
엉엉 울고 싶었어요. 하지만 운다고 될 일이
아니라는 것쯤은 이제 또실이도 잘 알고 있어요.
이건 오랑우탄으로 변하기 전, 선생님이 해 준
말이에요.

"여러분! 학교에서는 무작정 울고 떼쓰면
안 됩니다. 울지 말고 자신의 생각을 말로 잘
표현해야 합니다."

'에이 씨! 저런 선생님보다는 오랑우탄이 낫겠네!'
이렇게 생각한 건 취소예요. 완전 취소라고요.
설마 또실이 생각 때문에 이렇게 된 건 아니겠지요?
정말 아니겠지요?

선생님을 돌려주세요!

"또실아! 학교 가야지!"

엄마는 아무것도 모르면서 또실이를 깨웠어요.
또실이는 진짜 한 발자국도 움직이기 싫어서 이불
속에 꽁꽁 숨었어요.

"오랑우탄이 있는 학교엔 안 갈 거라고요!"

"또실아! 네가 아무 이유 없이 학교에 안 가면
엄마는 감옥에 갈지도 몰라!"

이건 무슨 소리일까요?

엄마는 또실이에게 설명하기 시작했어요.

"……초등학교는 의무 교육이야!"

"의무가 뭔데요?"

"하기 싫어도 꼭 해야 하는 일들이지!"

또실이는 크게 실망했어요. 학교는 가기 싫다고
안 갈 수 있는 곳이 아니었어요. 또실이가 학교에
안 가서 엄마가 감옥에 가면 안 되잖아요. 감옥에
갇힌 엄마를 상상하니 정말 끔찍했어요. 하지만
오랑우탄을 생각하면 아무것도 하고 싶지 않거든요.
엄청 속상하고 싫기만 해요. 또실이와 반 아이들
표정도 바뀌지 않았어요. 어떡하면 좋을까요? 계속
오랑우탄이 있는 학교를 다녀야 할까요? 또실이는
학교 가기가 너무너무 끔찍했어요. 하루빨리
선생님이 그냥 사람으로만 돌아오면 좋겠어요. 괴물
같은 오랑우탄보다는 늙은 사람이 낫거든요.

또실이네 반 아이들 모두 오랑우탄을 쳐다보기도
싫었답니다.

    그러던 어느 날, 이상한 일이 생겼어요.
오랑우탄이 보이지 않았어요. 또실이와 반 아이들
모두가 교실을 구석구석 찾아보았는데, 진짜 털끝
하나 보이지 않았답니다. 정말 사라져 버린 걸까요?
아이들은 의심스러운 눈으로 교실 천장을
올려다보았어요. 형광등에 대롱대롱 매달려 있던
오랑우탄은 거기 없었어요. 또실이네 반 아이들은
환호성을 지르며 좋아했어요.
오랑우탄도 사라지고, 뭐든

검사할 사람도 없잖아요. 손을 씻지 않고 밥을
먹어도 괜찮았어요. 아무도 뭐라고 하지 않았거든요.
손으로 밥을 먹은 아이도 있었다니까요. 글씨를
삐뚤삐뚤 마음대로 썼어요. 진짜 발로 쓴 아이도
있었어요.

그렇게 하루가 지나고 이틀이 지났어요. 하루는
스튜어디스 선생님이 또실이네 반에 들어왔어요.

"너희 선생님이 아프셔서 속상하겠구나!"

또실이네 반 아이들은 선생님이 아프다는 말에 좀
얼떨떨했어요.

다른 하루는 코치 선생님이 또실이네 반에
들어왔어요.

"1학년 2반은 마음이 많이 아프겠네!"

또실이는 잘 모르겠어요. 선생님이 없어서 마음이
아픈 건지 안 아픈 건지.

그런데 매일매일 다른 선생님이 들어오고

일주일쯤 지나자 처음에는 신 나 하던 아이들
마음이 조금씩 이상해졌어요. 한편으로는 좋다가도
한편으로는 허전하고. 알쏭달쏭, 오락가락했답니다.
"선생님 없으니까 좋지?"
"그렇긴 한데, 많이 아프실까?"
"맘대로 글씨 쓰니까 정말 좋아. 근데 어디가
아프신 거래?"
"아주 많이 아프진 않으면 좋겠어! 우리 할머니가
그러는데 늙어서 아프면 힘들대."
신기하게도 아이들은 조금씩 오랑우탄 선생님을
걱정하기 시작했어요. 선생님을 가장 싫어하던
또실이도 선생님이 안 아프면 좋겠다고 생각했어요.
아주 가끔이기는 하지만 오랑우탄 선생님이
궁금하기도 했어요. 이제 또실이네 반 아이들은
선생님이 없어도, 누가 검사하기 전에 알아서 손을
깨끗이 씻었어요. 우유 한 방울 남기지 않고 쪽쪽 다

마셨고요, 일기도 쓱쓱 쓰고, 줄도 착착 잘 섰어요.
아이들 모두 이상하게 변한 모양이에요.

또실이는 앞으로 어떤 선생님이 오더라도 절대
입 내밀지 않고, 인상도 쓰지 않고, 볼도 팅팅 부어
있지 않고, 웃는 얼굴로 선생님을 볼 거라고
다짐했어요. 처음에는 힘들겠지만 꼭 용기 내 볼
거라고 말이지요.

선생님은 정말 돌아오지 않는 걸까요? 텅 비어
있는 선생님 자리가 계속 눈에 들어왔어요. 예전에는
오랑우탄 선생님의 모든 게 싫었는데, 없으니까
자꾸만 신경이 쓰였어요. 일주일이 지나고, 보름이
지나고, 한 달이 지났는데도 말이지요. 아직도
또실이네 선생님, 아니 오랑우탄은 돌아오지 않고
있어요.

임시로 새 선생님이 오기는 했어요. 그런데
이상하게도 몇몇 아이들은 오랑우탄 선생님을

기다리는 것 같았어요. 사실 오랑우탄 선생님도 그런 대로 지낼 만했거든요. 침이 좀 많이 튀는 것만 빼고 다 참을 수 있었어요.

또실이가 곰곰이 생각해 보니 처음부터 좋을 거라고 기대한 게 문제였나 봐요. 모든 사람을, 특히 선생님을 처음부터 다 좋아할 수는 없는데 말이에요. 엄마는 이런 게 바로 '적응'이라고 말해 주었는데 또실이는 뭔지 잘 모르겠어요. 하지만 또실이가 좀 더 커서 2학년이 되면 알지도 모르지요.

오늘도 또실이네 반 아이들은 선생님을 기다리고 있답니다.

"이제는 불평하지 않을게요. 우리 선생님을 돌려주세요, 제발!"

작가의 말

  학기 초, 화장실에 들어가려다가 아이들이 하는 말을 우연히 들은 적이 있다.

  "너희 선생님 어때?"

  "진짜 못생겼어. 옷도 이상하고 촌스러워! 그리고 늙었어. 완전 망했지, 뭐!"

  아이돌 걸그룹만 예뻐야 하는 게 아니었다. 물론 그렇게 말한 아이가 우리 반이 아니라는 굳은 믿음이 있었지만, 퇴근하자마자 아이들이 좋아할 만한 최신 유행 옷을 샀다.

  선생님도 아이들에게 잘 보이고 싶고, 아이들이 나를 좋아해 주었으면 한다. 그렇지만 점점 더 아이들에게 사랑받기가 쉽지 않음을 느낀다. 매해 연애하는 기분으로 학교에 다닌다. 이렇게 수업하면 우리 아이들이 나를 좋아해 줄까? 저렇게 하면 아이들이 힘들어하지는 않을까? 내가 이렇게나 노력하는데, 왜 내 말을 안 들을까? 심지어 싫다고까지 할까? 그렇게 애태우던

애인들은 일 년이 지나면 뒤도 안 돌아보고 떠나 버린다.

아이들의 바람대로 마냥 젊고 예쁘고 멋진 선생님이고 싶은데,
나도 나이를 먹는구나! 그래도 아이들 덕분에 조금 '덜' 늙고
조금 '더' 멋진 사람이 될 수 있음을 고백한다. "얘들아, 선생님을
좀 좋아해 주렴!" 나는 이렇게 아이들에게 사랑을 구걸하는
초등학교 선생임을 밝힌다.

작가인 나에게 늘 새로운 단어와 문장을 선물해 주는 민혜선,
내 글을 기다려 주는 희재, 지구 반대편 변 패밀리와 볼리비아
소년 변 산에게 이 책을 선물한다. 나에게 '초절정 미녀
선생님'이라 말해 놓고 바로 착각이었다고 정정한 나의 제자들.
그 아이들 덕분에 이 책을 쓸 수 있었다. 든든한 보호자
꼬맘춘은 항상 나를 예쁘다고 하는데 왜 우리 아이들은 그러지
않는지 다시 한 번 꼼꼼히 책을 읽으면서 생각해 본다. 다음
작품에는 예술적 몸짓을 일깨워 주는 국립국악원의 멋진 춤꾼
박성호, 김태훈 두 분의 춤사위를 담고 싶다.

사랑받고 싶은 선생님 류호선